文芸社セレクション

出しちゃった
~イロイロナカンジョウガ~

まきえ

文芸社

出しちゃった
〜イロイロナカンジョウガ〜

目　次

50音で文章に ……………………………… 8
クッキー …………………………………… 12
杉山さん …………………………………… 14
涙脆さとオカンと時々オトン …………… 16
末っ子なりに ……………………………… 18
オモウコト ………………………………… 20
病　院 ……………………………………… 22
みんなの唄 ………………………………… 24
夢 …………………………………………… 26
無題 ………………………………………… 28
みずたまり ………………………………… 30
リップクリーム …………………………… 32
望遠鏡 ……………………………………… 34
ガ　ラ ……………………………………… 36
狭　い ……………………………………… 38
親切と書いてお節介とありがた迷惑と解く … 40
のび太くん ………………………………… 42
大切に願うこと …………………………… 44
寂しさを感じた朝 ………………………… 46
あたしは人に恵まれてる ………………… 48
めまい ……………………………………… 50

母になる人	52
カラオケ	54
天国の竹さん	56
約束するよ	58
水族館	60
20年も思ってた事を載せます	62
いつものこと	64
もうわからないや	66
マチガッタヒトコト	68
私と出会った人たちへ	70
魔法使い	72
本当の気持ち	74
手と手	78
顔	80
小さかったキミ	82
ふ　と	84
花火を見た	86
形あるものはいつか壊れる	88
目にはみえないもの	90
らぶれたー	92
you	96

50音で文章に

あ、憧れているものあたしにできるかと
い、いっそ誰かといろんな気持ちを抱き
う、浮き沈みした感情が
え、えっとえっとと誤魔化してみたり、作り笑顔してみたり
お、大袈裟な態度もとってみたり
か、カッコつけてみたり、勘違いだってする考えすぎちゃうことだって
き、気がきいた答えなんか出せない
く、悔やんでばっかで
け、結構、頭ぐちゃぐちゃで
こ、これでも生きていんだろうかと
　　こうして生きている
さ、最後には笑って終わりたい
し、正直な話、喋る事が苦手だけど
す、好きなこと、好きな人たちとずっと一緒に
　　好きだと言って欲しいから
せ、精一杯の想いを込めて
そ、そんなのつまらないって言われないように
た、ただただ気持ちを込めて
ち、ちょっとくらい時間がかかるあたしだけど

つ、伝わるように不器用な伝え方で
て、手の震えだってとまらなく緊張もするし
と、とめどなく流れるスピードに押し潰されないように
な、なんとか踏ん張って
に、苦い経験をいっぱいして、バカにされたっていいんだと思ったら
ぬ、抜け出せるんだ
ね、ねぇ、聞いて欲しいことがあるの
の、覗き込めば見えてくる世界は
は、果てしなく続く道に
ひ、ひとりでもがき足掻きながら人と繋がって
ふ、不思議と気が合う人達と出会い
へ、平気な顔だって見え隠れするような
ほ、本音を言えば嫌われるかもしれなくて
ま、まっいいかと悩むのを一旦やめてみたり
み、みんながいて、あたしが作られる
む、胸に抱えて閉じ込めてきた思いも無理しない程度に吐き出して
め、面と向かってだと話せないし言葉が上手く伝えられないから
も、もっともっと人の役に立ちたくて

や、やなこともたくさんたくさん。傷つくこともたくさんあるし、優しくいたいと願うの
ゆ、優越感に浸ることなく
よ、余計な一言も言わない、考えないで
ら、楽な気持ちも持ちつつ
り、リラックスなんかして深呼吸する
る、ルールなんて自分で作っちゃったりして
れ、冷静に慎重に
ろ、蠟燭の火に癒されながら
わ、わからないことだらけの毎日だけど、忘れないで誰かの誰かの優しさを大切にし
を、こうなりたいと自分で描く憧れを
ん、うん、その気持ちを忘れなければきっと大丈夫大丈夫。

クッキー

何気なく食べていたきみ。
簡単そうで、甘くみてたよ。
丁寧にやればやるほど、手を加えるほど奥が深くて
追求すればするほど繊細な味が表現できる。
バターと砂糖を一緒にして混ぜて薄力粉をふるって切る
ように混ぜる。
抹茶や紅茶の茶葉を混ぜたり、コーヒーだったり
ドライフルーツなんかも混ぜてみたり。
シンプルな材料で作れるはずなのに舐めてかかっていた。
焼き色・温度・食感ひとつずつ焦がさず丁寧に
それプラス誰かに届ける想い。
おいしくおいしくなーれの言葉の魔法も加えちゃおう。
慎重に手掛けなきゃ苦さも味わってしまってだめだなっ
て思った今日この頃。

杉山さん

うちの職場に杉山さんと言うお客様がいらっしゃる
私が入社してから15年なので長いお付き合いのお客様だ
眼鏡をかけた丸っこくて背の低いお客様で夫婦でいつも一緒にくる
二十代前半だった私も三十代後半アラフォーになり、二十代の頃は勢いある杉山の奥さん。苦手意識が強くて何も言わずに奥さんの後ろを金魚のフンのようにいつもくっついて回る旦那さんで、いつもこれはあれはと注文が多くて避けていた
三十代になり、見方が変わってきた私も杉山さんに自ら声をかける
笑顔になる旦那さんは一言だけパンのスライスお願いしますと頼むようになったのだ
あっ、ちなみに私はパン部門で働いている
月日は流れお互い歳をとり、最近の杉山の奥さんは少しだけ様子がおかしい
電話でパンの注文をしてお店に買いに来る時には忘れてしまっているのだ

電話で対応した時に声にあの元気さも感じにくくなっているし、頼んだ事を忘れていつものパンありますかと確認する不安そうな表情
そんな姿を見てしまったがために涙が流れてしまった
あんなに覇気があって元気だったのに弱々しくなってしまったあの杉山の奥さん。切なくて虚しくて、悲しくて受け入れ難い現実がそこにはあって
どうか元気でいて下さい。と心で唱えて

涙脆さとオカンと時々オトン

あたしの涙脆さはオカンの遺伝だ
オカンのお友達が店内であたしに声をかけてくれた
あたしを幼い時から可愛がってくれている
オカンの様子は最近どうなのとあたしに聞く
オカンは去年の8月から入院している
昔はオカンと裁縫を一緒にしてカバンやら服やら重たい頑丈なミシンでガタガタと作っていた 何時間も長話だってしていた
オカンの携帯に電話をかけた時に友達はオカンの様子を少し話してくれました
態度が悪い看護師がいて嫌なのと
それはオカンにではなく一緒の病棟の患者さんに対して冷たく横柄な態度をするらしい
オカンは静かで何も言わないから態度が悪い事はないらしいけど濁った空気感の中にいるのがやなのと。優しいママだから気にして、と
それを聞いて切なくてねママに会いたいわ。淋しそうに話すオカンの友達
それを聞いたあたしは涙が流れそうで店で泣いちゃうのは違うと思って中に戻って涙を拭った

ドラマを見ては、ドキュメンタリー見ては、感情移入しては泣いていたなと。それを見てもらい泣くあたし。
確実にオカン譲りの遺伝です
そうだ、オトンも涙脆かったような、ちっちゃい兄ちゃんの結婚式で泣いていた気もしないでもない。てことは両親の子で間違いなくて、2人の遺伝子を引き継いでいた。安心安心。

末っ子なりに

図々しいですが、一言言わせてもらいます。
手のかかる子で、甘やかされて、愛情たっぷり注がれて、親の手を患わせてしまった事もあるに違いない、きっとそうに違いない。しかし、四人姉兄（ヨンキョウダイ）の一番下なりに、周りの状況に敏感でピリついた空気感に動揺し、身動きできない状態になる。こう見えて、もろいです…。だからこそ周りにも優しく、少し生意気に温厚に育ってる気がします。マイペースに、叱られ、たまに驚かせてしまうけど、まだまだ手のかかる子かもしれないのでどうかこれからも宜しくお願いします。
あんたいくつだよってのは受けつけません。
偉そうに物申してすいませんです。
父上、母上、姉兄よ、体調に気をつけて無理なくお過ごしください。
楽しくできるだけ笑って参りましょう。
これからも。

オモウコト

一切合切何もかも捨ててしまったら何かが変わるのだろうか
不安や戸惑いは必ず襲うだろう
頭はグルグルさまようだろう
前に進む為には一度は捨てなきゃいけない
やらなきゃいけない
強くなる為に、明るく未来を照らす為に
もっともっと笑える様に
自分が自分でいられる様に
小さな幸せが大きな幸せになるように誰かの悲しみが喜びに変わるように
世界中に笑顔が広がる様に
ただただ願い望みます
3月11日10時40分　20代前半に書いて
30代後半に差し掛かる
今読んでも変わらない気持ちがそこにあって間違えてなかった、捻くれてなかったと思えた気がする
生きづらい世の中で、まだ頑張れるぞ
奮い立たせて行こうと思う

病　院

三十代になり、インフルだの、コロナだの、喉が乾燥で血を出すだの、咳つくだの
もうね、酷いのよ。体調の変化と言いますかなんと言いますか
咳出て頬の肉落ちるから結果的に良いのだけどでもねぇ
体重だって痩せるから良いのだけどねぇ
この疑問ってあたしだけかなって思う事があるんだけど書きます
体調が悪い時にそうだこれは病院に行かねば‼︎って思うので予約しといたり当日行こうとすると、大体診察受ける時にはあれってなってて病院出る頃にまた酷くなってる事ありませんか？　不思議なんですよね、そして薬や漢方処方されて帰る
風邪とか熱出すとか胃腸弱いしお腹壊しやすいだけで無縁だと思っていたのに今までの生きてきた蓄積が溜まっていたのか、今となれば出るの出るの
薬だって飲むの嫌なのにー（胃薬だけは手放せません）説得力ないですけど
できれば自力で治したい
でもやっぱり薬って効くのよね
皆々様も身体に気をつけて過ごしていきましょうね

※因みに高校の時は入院する程の病気してますが　笑

みんなの唄

僕らは育つ
家族と共に　仲間と共に　生きている全てのものと歩く
苦しい事も楽しい事も全部
何が起こるかわからない世の中で
たくさんの別れが　出逢いが
たくさんの苦難を経て
悲しみが喜びに変わるように
僕らが笑っていられるように
僕らは育つ
人を傷つけ傷ついて
がむしゃらに生きて
踏ん張って踏ん張って前に進む

支えられて僕らは育つ
僕らの未来に
自分らしさをみつけるその日まで
手と手を合わせて前に進むのだ
できるよね？　一人じゃない
繋がる　みんなの輪（和）唄

10年以上前に記したもの　1月3日

夢

夢ってなんだ？　う〜ん…夢。
「保育士になりたい」とか「看護師になりたい」とかちゃんとした、しっかりした明確な夢なんてない。やりたいことは…ない。やりたいこともの方が正しいかな。望み、願い事はある。抱いてるものもある。
思いやりのある人でいたい。人の役に立ちたい。不器用で要領悪い私だけど、手伝ってくれて助かるよ〜って言ってもらえるような人になる。陰の支え的な人。だから、一生懸命な人を笑わないし貶さない。自分がそうだから。精一杯頑張るしか出来ないから。それが自分の目指す場所なのかも。そう思う。それが夢ってことで。
誰かを想って頑張るけどスゲーじゃんとかそんな言葉は要らない。照れ隠しとかじゃないし、勝手に思って手伝ってることだから放っておいてくれたらいいのだ。

これも10年前位に記したやつ
1月24日12時18分
思えば現在も変わらない気持ちです

無題

過去を変えようと嘆くより今を変えようとする意志
何かで読んで印象強いから記録
過去に酷い事をしてしまったとあれやこれやと思いが溢れる
でも戻ってこないとも分かっている
だからこそなのだ
この言葉を汚さない様に

みずたまり

今も昔も変わらない
長靴を履いてはしゃぐのは子供の頃
スニーカーでジャバーって入るのが今(大人)
ワクワクして
飛び跳ねる楽しくリズムに合わせて
タップなんかも踏んじゃったりして
アメンボが泳いでたなら コンニチハ〜
なんて挨拶したりして
今も昔も変わらない
心を騒ぎ立てるもの 躊躇なく興奮するもの
みずたまり
ウキウキで虹が映れば最高なんです

リップクリーム

いい匂い
あの人が使っている
買ってくれた
大事な大切なやつ
ポケットにいつでも身につけている
忘れた時には心細い
そしてまた持ち歩く

望遠鏡

指で覗き込む
遠くに
その向こうに何があるのかな
何が映(みえ)るかな
どんな景色が広がってるかな
どんな世界があるのかな
言葉も見た目も違う
空も海も繋がっていて
覗き込めば何が見えるかな
何が広がってるかな

ガ　ラ

柄が悪い男が花柄のワンピースの女に恋をしました
ガラガラの席の映画館でデートをし
柄にもなく花束なんか贈る彼
柄にもなくまんざらでもない彼女
ガラガラの遊園地
柄の入ったお揃いのコーヒーカップ
ガラッと人が変わったその彼は
人柄を変えたその彼女と
混じり合う二色の柄と
空っぽの心に無数のガラ（模様）を詰め込んで

狭　い

みてるものが狭い。
みてる風はやめろ！
知ってる風もやめろ！
もっと広ーく覗いてごらん。
自分が窮屈にならないで済むように。
縛りつけるのも決めつけるのもやめた方がいい。わかっちゃいる、捨てきれないで、踏み出せないでいるだけ。
わかっちゃいる。怖くて勇気が出なくて。
動き出せないだけ。

親切と書いてお節介とありがた迷惑と解く

優しさゆえに行き過ぎた事で、発した言葉が相手は喜んでいるんだろうか？　不思議に思えてきて疑問符がグルグルと…。
恥を晒し、悪目立ちは？　嫌な気持ちにならないかな？
有難いと受け取るとは限らないよね、気づく人はどれだけいるんだろうか。心理を真理を解きたい。
自己満なのか？　腹黒さなんかあるのか？　見返りなんかあったら？
親切に見返りなんかないか。ただ困ってる人に手を貸し助け合うだけの事だった。
だけど一歩間違えば紙一重なのかもしれない。

のび太くん

似てると勝手に思った今日この頃
ホントに勝手にね
なぜなら映画を観たからだ
だからふと頭に自分は？とよぎった
マイペースで勉強もろくにしないで弱虫で適当で泣き虫で部屋でゴロゴロ〜
強がってしまう所があり、頼らないようでもあり周りに頼ってばっかだ
自分ができないときも頼ってしまう悪い所だとわかっている
世渡り上手な人に憧れる。不器用で要領悪すぎで、頼りないし、周りはヒヤヒヤな気がする、危なっかしい
活躍なんて大スクリーンの中
のび太くんをダメとは言えない
ドラえもんが大好きでドラえもん思いの良い人だ
しずかちゃんを大好きで自分自身をダメだとわかっていながら一途に思い、未来では一緒になる。なんならスネ夫やジャイアンともなんだかんだで仲良くやってる
そんなのび太の人柄、のび太の優しいところはもっと大好きだ

だからってわけじゃないが比べるものでもないが、のび太のようなダメかもしれないとわかっている自分だけど優しいやつでいたいと心に決めた日

大切に願うこと

私なりのやり方で表現する
愛情表現
それは、誰に対しても何に対しても
好きなものへ私なりの伝え方で
大切だから
大事にしすぎてこわしちゃうこともあります
言葉で傷つけてしまうかもしれません
思いすぎてウゼーってなることもあるでしょう 少し悲しいけれど受け入れます
相手を気遣って気遣って嘘をつくことも多いかもしれません
ですが、それは私の下手くそな愛情表現であり、一生懸命と精一杯の、めいいっぱいの伝え方なので皆さま笑って喜んで受け取って頂ければ嬉しく幸いです。

寂しさを感じた朝

寂しさが胸を締め付ける
いつもの日常に少しの変化を連れて
変わってゆく日々に歪みが生じる
連絡が頻繁だったのが中途半端で終わるような感じがして。おはよう、おやすみ、じゃーまたね。で終わるような会話だったはずなのに…何かが違う
あたしの今までの素っ気ない連絡がいけないんだ
当たり前に蔑ろにしていた仇が、つけが回ってきてるだけの事か
自分で苦しめって事か
そんなんで寂しいとか言ってんなって話か
何かを理由にしたくて
知っていたんだ
知らないふりをしていただけだった
気づいてたんだ
見て見ぬ振りをしてたかったんだ

あたしは人に恵まれてる

あたしは人に恵まれてる絶対
間違えない
親からキョウダイから保育園の時や幼稚園、小学生…そして大人と言っていいのかわからないが今現在。子供の時の親の友達だったり。
先生だったり。看護師さんだったり
友達も先輩も後輩も全て
こんなに不器用なのに、言葉足らずのただ笑ってるヘラヘラしたやつなのに。手がかかるやつなのに。ホントにみんながみんな手助けしてくれて助けてくれている。ただのポンコツで迷惑しかかけてないのにね
面倒をみてくれる人がたくさんだ
それに甘えてばかりいてはいけないのも十分わかってる、わかってんだ
みんなに本当に支えられている
少しでも自分に出来るように力になれるように頑張らねば

めまい

目がまわる
忙しくうごきまわってるからか？
あーそれもある
それは言い訳か
考えて考えて答えが出せなくて
寝てもスッキリしなくてゆっくりくつろいでるのにどんよりで
一旦考えるのやめてみても迫ってくる感じ
プレッシャーなんてこともないのにプレッシャーでぐるぐるだ
自分で決めたのに何してんだろ
最後までやれ！　頑張るって決めたんだろ
めまいくらいで弱音吐くなバカチンめ
やれるんだ頑張れるんだ諦めんな負けるな
ファイトー

母になる人

なる人はそれだけのものを持ってるんだ
ちゃんと何年も何十年も育てあげるスキルが自分の事プラス子供や夫周りの事がしっかり把握できてそれ以上の事を愛して注げる凄さがある
子供に書いた手紙を親になったあなたからお礼を言われる
嬉しいはずなのにちょっと寂しかったり、
凄いって片付けちゃいけないけど凄いよね
お弁当作ってさ家事やってさ仕事もしてさ、子供の行事なんかも付随してて
子供が道をそれないようにある程度は整えとく力 子供自身が頑張れるようにバックアップしてあげる強さ
自分がどんなに調子が悪くても、子供のために義務だとしても頑張れる強さ
応援して協力して支える
本当に頭が上がらない
親にはまだなれてない
ひと様の親の気持ちも寄り添う事はできるけどわかってあげらんない
わかって欲しいとは思ってはないだろうけど
本当にホントに頭が下がる

カラオケ

歌いに行った
この時は練習の為に歌えるレパートリーを増やしたかったから
歌が上手いとか下手とかそんなのどうでもいい
誰かの事を思ったりその時の感情で誰かを癒したり、あげたり、勇気に変わったり、発散のためにだってめちゃくちゃに歌ったっていいのだ
少しでも気持ちが晴れますように
癒されますように
ヤナコトからその時だけでも忘れますように
なんらかの形で伝わりますように
ないて自分よがりになってしまった

天国の竹さん

何したって事はないのに
ただの日常だったのに
ちょっかい出してくれた事を妬ましくなってそれが嬉しかったりして
なのにそんな日常の一部にあなたはもういません
それが愛情表現だったんだと思います
実感なんかわかんないし、当たり前に居たあの場所に違和感が残って不思議な気持ちです
悲しくなるのはもうちょっと先になるでしょうか
ふざけて笑うこともできないんだな
思い出話をする度に堪えきれないし、涙が溢れます
やっぱり悲しいな
だけどバイバイを言わなくちゃですね
大変お世話になりました

お疲れ様！　ゆっくりしてね
今まで本当にありがとうございました
これからもたまにかもしれないけど思い出話するからね
よろしくね

約束するよ

自分と約束を交わそう
小指と小指をたててね
むかしむかし、人にやさしくと、ずーっとオカンから言われ続けて育ってきた
今となれば優しすぎるんだよあんたはと言われるくらいに育ったと思う
オトンは自分勝手ではあるがオヒトヨシだ
両親のおかげで自慢じゃないがやさしい子になりました

どんな言葉を選んでみても上手く言えない 伝えらんない だけど一生懸命に伝えるから
相手の立場に立って考える
相手が嫌なことはしない
そうやって生きてきたあの頃15歳、高一の入院をきっかけにさらにひとのありがたさを知る
そうして胸に誓った
かわりになろうと。縁の下の力持ち的になろうと。手を差し延べる人でありたいと。みんなが笑顔で仕事ができるのなら
自分がかわりに引き受けたのなら環境は良くなり働きやすくなる

友達と遊ぶ時も恋人に会って楽しんでる時も
自分の体が壊れるまで人のために尽くそうと
楽しんでるのだから壊れてもいいのだ
自分と約束をした
お互い様とすり合わせと歩み寄りと優しく気遣うことと
真心と自分勝手な親切と
自分の事かのように真にうけ、自分のことのように胸を痛め、悲しむ。密かに泣く。自分だったらと…

嘘くさくて偽善者かもしれないし、不器用でろくでなしで時には相手を傷つけ、言葉足らずの何も出来ない自分が情けなくて頑固で、強がりでわがままで不甲斐なさを曝け出したエッセー
そうして変わらず約束するのさ
相手にはやさしくと。たまに自分にもね
犠牲になってるつもりも偉ぶるつもりもない
威張るつもりもなくてただやさしくすると自分と約束をおわり

水族館

癒やしの場所
心落ち着く場所
近くにあったらよかったのにと思うのは東京みたいに近くにないからで
移動距離すら長い、広い、届かない。
地方に行く度にその土地に足を運んでいた
ワクワクと興奮を一緒に連れて
その時の感情を癒やすために
ボーっとしたい
現実逃避というやつだ
また頑張れるために
逃げないで向き合うために
また楽しめるために
クラゲやクジラやシャチやペンギン。うみがめやらアシカ、アザラシ。サメやらカワウソ他…などなど。好きだぞ。また会いに来るからね
みなで癒やしておくれ

料金受取人払郵便

新宿局承認

2523

差出有効期間
2025年3月
31日まで
（切手不要）

郵 便 は が き

160-8791

141

東京都新宿区新宿1-10-1

(株)文芸社

愛読者カード係 行

ふりがな お名前			明治　大正 昭和　平成	年生　　歳
ふりがな ご住所	□□□-□□□□			性別 男・女
お電話 番　号	（書籍ご注文の際に必要です）	ご職業		
E-mail				
ご購読雑誌（複数可）			ご購読新聞	新聞

最近読んでおもしろかった本や今後、とりあげてほしいテーマをお教えください。

ご自分の研究成果や経験、お考え等を出版してみたいというお気持ちはありますか。
　ある　　　ない　　　内容・テーマ（　　　　　　　　　　　　　　　　　　　）

現在完成した作品をお持ちですか。
　ある　　　ない　　　ジャンル・原稿量（　　　　　　　　　　　　　　　　　　）

書　名							
お買上 書　店	都道 府県	市区 郡	書店名				書店
			ご購入日		年	月	日

本書をどこでお知りになりましたか?
1. 書店店頭　2. 知人にすすめられて　3. インターネット（サイト名　　　　　）
4. DMハガキ　5. 広告、記事を見て（新聞、雑誌名　　　　　　　　　　　　　）

上の質問に関連して、ご購入の決め手となったのは?
1. タイトル　2. 著者　3. 内容　4. カバーデザイン　5. 帯
その他ご自由にお書きください。
（　　　　　　　　　　　　　　　　　　　　　　　　　　　　　　　　　　　）

本書についてのご意見、ご感想をお聞かせください。
① 内容について

----

② カバー、タイトル、帯について

弊社Webサイトからもご意見、ご感想をお寄せいただけます。

ご協力ありがとうございました。
※お寄せいただいたご意見、ご感想は新聞広告等で匿名にて使わせていただくことがあります。
※お客様の個人情報は、小社からの連絡のみに使用します。社外に提供することは一切ありません。

■ **書籍のご注文は、お近くの書店または、ブックサービス（0120-29-9625）、**
セブンネットショッピング（http://7net.omni7.jp/）にお申し込み下さい。

20年も思ってた事を載せます

人付き合いが上手くなくていい人止まり
その先に続く道はあるの？
正直なところどうやって仲良くなるの？
人とどう近づけば？　何をどう話しかければいいの？
突き放してしまうくらいなら行かない方が？　メイク用品で盛り上がる？　彼氏彼女で盛り上がる？　お酒の場で交流を深めるの？　飲めなかったらどうすれば？
つまらない人間かもしれない。いや、つまらない人に違いない

いつものこと

勝手に誰かを思って思いすぎて重くなる
心がキューっと締め付けられて苦しくなって
思いが伝わらないように、だけど伝わればいいのにって思う時もあってどないやねんってな感じ
同じように相手も思って感じてくれるのかな？　とか考えたりしてさ
次から次へと疲れちゃうんだよな
相手が喜んでくれることが自分の幸せなんだけど、それをさりげなくフォローするのも難しくて、ぶっきらぼうで口下手な私は伝えかたも下手で人好きなのに人とどう接していいか悩ましいし毎度困る
沢山喋り伝えたいのに伝えきれない
どう伝わるかを考えてたら言葉が出ない
しどろもどろにカタコトでカミカミ
誰か教えてくれないかな

もうわからないや

あっ独りよがりだときづく
何やってんだろ
何してるんだろ
何がしたいんだろ
相手からの見返りを少しだけでももとめてる自分にきづく
糧になんてキレイゴトか
もうわからん
どうやったら相手を傷つけずにできたっけ？
どうやったら仲良くなれたんだっけ？
どうやって話してたんだっけ？
どうやったらいいんだっけ？
自分が喜んだら相手も喜ぶんだっけ？　自分が楽しんだら周りも楽しい？？　そんなことある？　自己中に解釈してるだけじゃない？
勘違いじゃなくて間違ってない？
思い込み？　履き違えとか大丈夫？
最低なのは自分だったなー
自分のしてきたことやってきたことってなんなんだろう
もうわかんないや

マチガッタヒトコト

ダッサ
バカみたいだよね
勝手にさ盛り上がって盛り下がって
ダサッ
何やってんだろ
マジでダセッ
あたしに何ができるんだよ
バカじゃんか
勘違いすんな！
なんでもかんでも真にウケんな！
鵜呑みにしてると痛い目見るぞ！
マジダッサ
気を使わせてしまった
自分のポンコツさを知る
自分の未熟さを知る
自立のなさかもしれない
ホントそれかもしれない
自分の事しか考えられてないからそうなんだ
失礼な事も言っちゃうし傷つけちゃうし
全部人任せだからか
軽率な言葉もなにげなくつかってたからだな

自分に何があるんだ
何もないじゃないか
そんな事を毎回毎回繰り返してなんになるんだ
学習しようーぜ
ヤナコトをすると自分に返ってくるってのは本当に本当だ
だから言葉には気をつけなきゃいけない
言う前に躊躇して考えて飲み込むなら飲み込んで
言わないでいることも大事だと思う

私と出会った人たちへ

元気してますか？
私はあなた達にとってどんな人でしたか？　ムカつく奴でしたか？　あなたをイラつかせてしまう奴でしたか？　そんな人は本当にごめんなさい。
私は人見知りのせいか、緊張により口下手で付き合いが上手くありません。ぶっきらぼうな、つっけんどんな奴かもしれません。
ですが、笑かす事は得意です。そして、いつも笑っています。相手も私も周りも。楽しんでます。不器用な接し方かもしれないけど真心をもって人に接してきました。なので、いつも笑っていて下さい。
おこがましいですね。偉そうですね、どうもすいません。
どんな時も私と笑っていましょう。
一緒にじゃなくてもいいからできるだけ笑っていましょう。
出逢えて良かったよ楽しかったと思ってくれている皆々様心より感謝です。
本当に拙い私といてくれてありがとう。
支えてくれて、助けてくれてどうも有難うございます。
これからもこれからも。これからも。

魔法使い

もしも魔法が使えるのなら
どんなお願いを叶えようかなんて考えてみたり
時を戻したいとか透明人間になりたいとか
って思う事もあるけど
綺麗になりたいとか見た目の話ではない
時間が止まればいいなと思ってしまう
大好きな人と離れたくないとか隣にいさせて下さいとか
思ってしまう
「じゃーね」がすぐに会いたくなって寂しくなって恋しくなって愛おしくなって
可愛くて好きがとめらんなくて
早く明日になればいいなと魔法にかけられて
星に願いを
もし願いが叶うならこの僕に勇気を下さい
こんな勇気のない今の僕には誰も付いてきてくれない
勇気さえあればもっともっと道は開けたはず
少しの勇気と一歩さえ踏み出せれば
わかっちゃいる臆病者で甘えてる事くらい
流れ星が消えないうちに
お願いをしなきゃ
新たなキラキラした明日が迎えられますように

本当の気持ち

いやだいやだ。ご飯をくちゃくちゃ、食器をガチャガチャ。
いやだいやだ。大声で怒鳴ってるの聞くの。いやだいやだ。くしゃみや咳を大袈裟にするの。
いやだいやだ。ひとりぼっち。
いやだいやだ。いじめられるの。
いじりが度が過ぎると意地悪になり、いじめになる事 覚えておいて。
いやだいやだ。いざこざに 喧嘩に
巻き込まれるのはごめんだ。
なにしたって言うのさ、どうすればよかったのさ。波風は立てたくないのに。
いやだいやだ。不器用な自分。
不甲斐ない自分。
意気地なしな自分。
空気を大きく吸って空気をよむ そんな日々
いやだいやだ。家族の誰かがお空の向こうへいくの
考えただけで 悲しくて悲しくて、悲しくて。
いやだいやだ。お勉強。
いやだいやだ。大人になるの。

ん？　どこからが大人なのかな？
ハタチ？　家族を持ったら？　働いてお金をもらえるようになったら？
子供の時に習ったことが大人になって守れてるかなんて言ったら嘘になるよね？
大人になってもいじめはあるし、大人になったって身内が天国にいってしまったら悲しくて、立ち直れないかもしれない。
間違いだらけで、理不尽で偏屈でデリカシーのカケラもない。
本当はいやなことから逃げたいんだ。だけど逃げていたら、もっと苦しい事が待ってる。
迷ってばっかり…
たまに迷惑かけてもいい。その分手を差し出そう。相手を傷つけてしまったら、ごめんなさいをちゃんと言おう。その後、笑顔で楽しくできるから。傷つけられたら牙を剥かずに。そっと寄り添おう。相手を大切に想い、優しくね、愛をもってと心掛けて。疑って迷っていつか笑顔になれるから。キレイゴトなのかな。

迷ってばっかりで先に進めないな。
もういやだいやだ。私には何か取り柄があるのかな い
や、愛だけはあるか。

手と手

目をとじてうかびあがる人
いつも隣にいてくれたね
どんな時もそばにいてくれた
あの頃を思い返せば懐かしいな
君から緊張しながら声をかけてきたよね
僕は鼓動の音が隣にいるキミに聞こえてしまうのかなと
ドキドキで妙に落ち着かなくて
話もカタコト、辿々しくちゃんと会話になってなかったのを覚えてる
君に恋をし、手を出しては引っ込めた冬の凍えた冷たい手
温める様に手を繋ぎポケットへ忍ばせ歩いた街中の公園
いつもキミの手は温かくて
キミの小さな丸っこい可愛い手が僕は好きなんです。
歳をとりおじいちゃん、おばちゃんになったとしても、
隣で手を繋ぎ歩きたいな
そう願いながら
手と手を重ねて一緒に暮らしてみませんか？と
その先もずっと続くのです

顔

表情は様々だ
色んな顔がありますよね
怒った顔や悔し顔に泣き顔に満面の笑顔や拗ねた顔
よく言われてきたポーカーフェイスだよねと
マイナスに捉えれば楽しいのか喜んでるのかどっちなのと分かりづらいと言われる
飄々としてるとも言われたことあるかな
自分の顔は分かりづらいのかと自分に問いかけては疲れた顔もするのだが、楽しい時もいつも笑ってて喜んでたりわかりやすいんだけどなーって

だがしかし振り返ってみても笑ってることが多いよなーって思いながら、不思議な顔にもなりながら今日を過ごしていくのです

小さかったキミ

ふと思い返す
小さかったキミはいつもカップソフトを窓からお金を握りしめピンポンをしっかり押して毎週買いに来ていたよね
あれは何年前の事だったんだろうね
ちなみに私の勤めている仕事場にはソフトクリームの販売も行っています
以前は窓からも購入もできました
コロナ禍と人材不足で今現在は閉めています
毎週買いに来ていた小さかったキミはいつからか中学生になり引っ越しをして、なかなかお目にかかることは少なくなった
小さいキミは1人でソフトを食べてお母さんを待ってたよね
何を話すわけでもなかったのに毎週買いに来てくれて数十分のちょっとした会話が楽しかったな、なんて思ってたり、毎回買いに来てくれる常連さんだったね
時が経ってこないだの話

お母さんと一緒に来てくれたあの小さかったキミは二十歳を過ぎて身長も伸び青年に変わってて尚且つ「こんにちはー」と声をかけてくれたのもびっくりしたのを覚えてる。あたしを憶えててくれたのもとても嬉しかった
店内から部屋に戻り緊張のあまりちょっとだけ自分の仕事が手につかなかった
覚えててくれてどうも有難うございます
またお待ち申し上げております笑
また食べに来てね

ふ と

どうやって生きてきたんだっけ？
どうやって言葉を交わし会話をしてたんだっけ？
どうやって人との絡み方をするんだっけ？
どうやって話題作りをするんだっけ？
どう頑張って踏ん張るんだっけ？
どうやって楽しむんだっけ？
どうやって幸せになるんだっけ？
どうやって相手を喜ばすんだった？
どうやって相手の気持ちに寄り添えるんだっけ？
どうやって救いを求めるんだっけ？
どうやって傷つけずにやるんだっけ？
どうだっけ？
どうやって相槌うつんだっけ？
どうするんだっけ？
どうしたらいいんだっけ？
どうだったっけ？
聞いたら答えは返ってくるんだっけ？
答えはあるんだっけ？
どうやってみつけるんだっけ？
どう仲良くなるんだっけ？
どうやってコミュニケーションとればいいんだっけ？

ふと考えた
迷って考えた
人生終わりを迎えたらどうなるんだっけ？
悲しんでくれるんだっけ？
ちっぽけだと笑われるんだっけ？
ふと考えた
迷って考えたんだ
鼻で笑われるのかな
いや、アホちゃうかと笑っちゃって下さい

※疲れて闇の中にいたのかもしれません 笑
きっと立て直します
生きているので何度だって持ち堪えます
ふと考える時があるのです

花火を見た

空に上がる大っきくて綺麗なあの夏の花火
一瞬で消えてしまう 儚きもの
一瞬一瞬に熱い思いと命をかける花火師
同じように 全力で笑って 泣いて 悲しんで 騒いで楽しむ観客がいる
季節を彩る風物詩
儚くても あっけなくても 楽しんで いろんな想いをのせてみあげてる
綺麗だな
夢を叶えると願ってみる
願いが届くのならば隣で一緒に見たいと平和な祈り

形あるものはいつか壊れる

わかってた
大事に使っていたのに
壊れないように傷つけないように
乱暴にせず丁寧に使っていたはずなのに
いつか壊れることさえわかっていたはずなのに
いざ壊れると、直せないとなるとせつない
替えればいいってことじゃない
修理できるのであれば直して使ってたかったんだ
大切に大事に使っていても壊れるんだな
引っ掛けて落としてあっけなく
気に入っていたのになー
はぁぼやいてしまったよ

目にはみえないもの

優しさ　愛　空気　風　温もり　呼吸　癒やし
不安　迷い　自信　不思議　わからない　臆病
匂い　香り　感情　触れる　痛み　傷み　音
透明　涙
この言葉達で文をつくる

大きく空気を吸って深呼吸をして心を落ち着かせる
手を広げ風の匂いに癒やされる
知らない誰かの誰かの優しさや身近な人の優しさに感情が揺さぶられて確かめるように愛に触れて確かめ合う
大好きなあの人の匂いに包まれた時やっぱりこの人じゃなきゃと香りごと心を鷲掴み
ヒトの痛みがわかる人にならないとダメだとわかっている
余計な一言で傷を作り傷つけて痛みが増えて
自信なくして迷宮ポケットに足を踏み入れる
音のない世界は静かすぎる
なにかと不安にかられ嫌になる
ガチャガチャした音は耳障りでもっと嫌だ
自信を身につけて進む為にはもっともっともっと経験値を高めなきゃなんてわかってんだ

なのに動けずに進んでるようで何もなっていないともがき落ち込む
不思議なことに目に見えないものが世の中にはいっぱいあってやり直したいこともいっぱいで、何がどうとかどうしたいとかどうするべきかと大人になったからこそ迷うのだ
逃げたいといまだに思う
悔し泣きも嬉し泣きもイラつくこともあるし嬉しいこともそれ以上にたくさんある
やっぱり考えてもわからない
人知れず流した涙は自分を強くしているのかな
大切な人の優しさに甘えてしまっているのは臆病のせいだ
一日、数時間だけでもいいから透明人間になって他人の生き方を覗いてみたい
綺麗な感情なままじゃいられない
立ち止まるつもりはない
頑張れることもわかっている
良し悪しはあると思うがでも迷うのだ

らぶれたー

あの娘へ宛てたラブレター
いつか届くといいな
溢れ出すこの思い
あれはいつからだろうか
ふと考えてみたんだ
一年前の冬にお店にきて声をかけて
仲良くなったのはいつからで好きになっていたのは
目で追うようになったのは
目を閉じても浮かんできて
何をしてるのかなと気にしてみたり
好きなものはなにかなと探ってみたりして
あげたいものを贈ったり
喜ぶといいなと笑みを浮かべては恥ずかしくなって
照れ臭くなって
好きが溢れるばかり
とめらんなくなってた
あの娘へ思い
年齢差なんて関係あるかい？
価値観の違いがなんなんだ
噛み合わないのがなんなんだ

意見の行き違い
釣り合うのかなとか考えてみたり
勇気なんかこれっぽっちもでなかったり
自信なんかなかったり
ぐじぐじして前に進めなくなったり
考えすぎて眠れなくなったり
あの娘へ思いが届く
なんてことない幸せが嬉しくて
一緒にいるのが当たり前になってた
いつも隣にいてくれた
ふざけては笑って大喧嘩しては話し合って
仲良くなっては楽しくなって
一緒に過ごせる時間が短すぎて
いつも淋しくなる
またねがすぐ会いたくなる
毎日のやりとりが嬉しくて
電話が嬉しくて
あの娘を好きになれて良かった
大好きになれて良かった
好きになってくれて良かった
拙い思いが届いて良かった

大切に大切に愛すと誓います
幸せになろうね
これからも
よろしくおねがいします

you

あ、あなたが教えてくれた
い、いつもそばにいたいと願うのは
う、嬉しくて、温かい気持ちになれる
え、笑顔が溢れ
お、お互いの優しさに触れて
か、感謝もたくさんで
き、綺麗事だとか言われちゃうかもしれないし綺麗に彩られないかもしれない
く、くすぶる感情が
け、けして傷つけたい気持ちなんかない
こ、こうして恋をしてなにも持ってない自分なんかとこれからもと
さ、些細なことで喧嘩をし大きな溝がうまれ最低だと気づく
し、幸せなんだろうかと迷い、考えて
す、好きなんだとまだ悩み、好きが止まらない事だってあって
せ、性格の不一致な事もあるし、せっかくの機会を台無し正解なんてあるのだろうか
そ、相談する事がこんなにも大変で大事な事だと気づき
た、大切な大好きな人と一緒にいたいと思うけど

ち、ちっぽけな嘘で信頼は崩れ
つ、伝わると思っていても伝わってなくて
て、テキトーにしたツケでこうなったんだと我にかえる
と、途端に寂しさを感じて切なくなる
な、泣かせた事もいっぱいで嘆いてみては開き直ってみ
　　たり
に、2度としないと決めた事も
ぬ、抜けてしまったから叱られ、怒られて
ね、ねぇってば何度目よと注意をうける
の、呑気に生活をしてきたからだと
は、反省し、初めて大喧嘩して凹み自分の行いを振り返
　　る
ひ、ひとを傷つけてはいけないと改めて思った
ふ、フタリが一緒にいていいのかなって思いながら
へ、平気なふりをして
ほ、本音を言えばきっと離れていくようで寂しくなり
ま、また会いたいってすぐ思って
み、未来を見据えてと前向きに考えてみたり
む、無理に背伸びして頑張らなくていいんだと思ったり
　　そのままの自分を受け止めて欲しかったり
め、目一杯できる限りの思いと

も、もっともっと愛と感謝を伝えていけたらいいな
や、やっぱり一緒にいて良かったなと思ってもらえるように
ゆ、勇気をだして一歩ずつ前に
よ、喜びで毎日が嬉しく、楽しくて普通に綺麗な景色がもっと綺麗に映えて
ら、来年がまた時が長く経つようにと祈り
り、理由なんかなくていいから会いたくて
る、ルールに縛られる事なく
れ、冷静さも持ちつつ
ろ、ロマンチックな事もたまにはね
わ、わがままなあなたとフタリ、私のそばにいてください
を、あなたを大切に大事に抱みます
ん、うんやっぱり何度考えてみてもあなたのそばから離れたくありません

著者プロフィール

まきえ

北海道出身。
札幌山の手高校を卒業するが、リーチ・マイケルなど体育館で一緒になるが、学生の時にはスルー。卒業し有名になられ、すごさを思い知る。おしい人生かと笑う。
何かとおしい人生なのかと面白く楽しく笑って、ふざけながら、つまずきながら生活するただのそこらへんの人です。

出しちゃった ～イロイロナカンジョウガ～

2025年4月15日　初版第1刷発行

著　者　まきえ
発行者　瓜谷 綱延
発行所　株式会社文芸社
　　　　〒160-0022　東京都新宿区新宿1-10-1
　　　　　　　　　電話　03-5369-3060（代表）
　　　　　　　　　　　　03-5369-2299（販売）

印　刷　株式会社文芸社
製本所　株式会社MOTOMURA

©MAKIE 2025 Printed in Japan
乱丁本・落丁本はお手数ですが小社販売部宛にお送りください。
送料小社負担にてお取り替えいたします。
本書の一部、あるいは全部を無断で複写・複製・転載・放映、データ配信することは、法律で認められた場合を除き、著作権の侵害となります。
ISBN978-4-286-26398-4